歌集

# 風と雲雀

富田睦子

角川書店

# 風と雲雀＊目次

装幀　花山周子
本文デザイン　南　一夫

# 歌集　颪と雲雀

富田睦子

## 赤き実

子狐のように冷たき手を下げて釣瓶落としを帰りくる子よ

冬凪のこころ　子の手にやわらかくひとつ赤き実にぎられており

瓦斯の火の青さすずしく湯を沸かし明日は師走となる部屋にいる

雪の夜のペチカのごとし耳さむき路に次々ともりゆく灯は

寝たふりを見破るところ眦《まなじり》に細くふたすじ皺よする子は

わたくしは雲母を思い出している子が泣きながら不実を問うとき

子の零す懺悔おさなく新月の渚を駆ける馬となりたり

新島と西之島

肩を組むように繋がる島のありてわれは溶かせりあおき入浴剤《バブ》など

月曜の浮世へ家族を送りだし白く凪ぎたるわが入江かな

雪を待つ午後の愉しさ鍋の中トマトソースはまるくなりゆく

ムートン

三度目の引越しなればこ心伏せざっくざっくと箱積み上げる

捨てるためムートンシーツを運ぶとき噎せたるごときけものの気配

このたびも捨てられぬまま封をして古き携帯・テレフォンカード

わたくしの忘れたなにかを知っている十年前の携帯のあり

身は細くこころ太りしわが写る居酒屋「二月の瓜」の飲み会

徒歩五分の引越しなどと言わざればこの機に変える新聞と塾

大きなるあけぼの杉のてっぺんが窓より見えて新しき家

待ち合わせはまると言いたる少女らのまるとは角のマンホールらし

遊歩道を公園と呼びとうきょうは公園多しまひる晴天

ニベア

ニベアとは白を意味する言葉らし子の足首に融けなずむ白

萩焼の煮物の鉢に抹茶たて誰かに叱ってほしき午後なり

一本の枝にも早咲き遅咲きのありて並木を子と歩みおり

吹く風は白き自転車ときおりをさくらの水脈をひきつつはしれ

柔らかき頬に触れたき衝動をわが子であれば赦されている

その元気わけてと言えば抱きついてくる少女なり三日月を抱く

ぬいぐるみ・絵本の蔭に眠りたる小鳥をかつて吾子と呼びにき

## 喧嘩腰

母という「強くて new game」めく時間九九の七の段風呂に唱えて

旧姓で検索すれば強運と人工知能に褒められている

闇鍋かチキンレースかＰＴＡのＰとして居る胃液飲みつつ

親の顔ならず息子の顔みたし喧嘩腰なる女と対う

剣呑を認めることになりはてぬうまいことやりましょうと言えば

見くびると媚びるは同義カーテンの小花模様を吹く春疾風

黒子ひとつ返り血のよう階段を上る女のアキレス腱に

フレッシュを入れれば濁るドトールの他人と他人に挟まれながら

思うままに乳房みなぎる日の遠く電車に泣く子を見ぬふりをして見る

結構なぐられたりとかーと聞こえきて耳は尖りぬ夜の駅舎に

ふゆそうび

南極の夕陽のような明るさで郵便局前に咲くふゆそうび

修正のすごき選挙ポスターとキャバクラちらしが並んで笑う

抱えれば頬にざわざわ触れておりコープみらいの葉付き大根

菜がほしくＪＡおやまの大根を買いし日のありあれも冬の日

夕闇に紛れてどんどん冷えてゆき木枯らしを耳に溜めつつ歩く

評価受くるごとに疲れる夫のためゆうべ刻めり青葱生姜

人恋しき時に出会える人だった。だけ、かもしれぬ夫という人

叶えやすき我儘言ってみるわれと聞く君はやくも干支一回り

ごま油香らせ醤油の少し焦げ冬菜のみどりは厨を萌ゆる

恋と愛の違いは終わりのあるなしと子に答えたり眠りのきわに

足先で押せば満ちゆく汐の音たゆたゆ眠るわれの湯たんぽ

愛知育ち

ふゆめふゆめ木蓮さくらふっくらと胎児《はらこ》のように時を待ちおり

千年を刻む時計の孤独なる晩年　技師は知りて創るか

いいこだねかわいいねとぞゲシュタルト崩壊させつつ眠る子を見る

吾子帰り再び出でてゆきしのち玄関タイルにしずか黄葉は

前髪のわずか巻毛をからかわれ帰りて泣く子の指の冷たし

賢しらに尻馬に乗る少女いてその粘る声とりわけ憎し

ゆくりなく厚き雲間の裂けており火の夕焼けに眩むこころが

不揃い大葉愛知育ちとラベルありつくづく眺める不揃いの文字

まっすぐな足を持つ子らもっちりと並ぶ土曜のプールサイドに

順番を待ちて飛び込む魚らの光は跳ねる水中眼鏡の

ダンス・ヤマハ・水泳そこに週一度塾を重ねてわがピグマリオン

## 傷のバオバブ

パレットにたっぷり青をしぼり出し少女も風も夏の顔する

月一度試験で席が変わる塾かよわせてわがこころは細る

羊羹のように輪切りにされてきた団塊ジュニアと呼ばれてわれら

世界には学べぬ子おりと諭したり飢えたる子おりと諭されしわれ

ホレミイって言わないでよと早口に叫んで少女は傷のバオバブ

青楓そよぐまひるの明るさがひとり子のなかにしんと育てり

波に引く足裏の砂えぐられて夢の最中に鳴る目覚ましよ

身体の痛みはやがて記憶まで滲みると聞けり　アボカドを食む

雨粒の一つひとつにシロホンの音をとじこめ洗う五月を

湯上がりの洗面所なる湿原にぬれ髪ひえる春楡われは

ナチュラル系美容室より購いしオイルひとびん春を更けゆく

靴下よりシールを剝がし朝靄のムーミン谷のようなさびしさ

マスカラを長く長くと塗るときに鏡の中に黒目狂気す

子を呼んで抱きしめるときすうすうと夏の腕《かいな》はかろやかな枝

## 一隻

日傘もて淡き日陰を歩くとき戦後の映画のごとき蝉声

夏の街に普請つづいて帆のようにブルーシートが風をはらむよ

驟雨去り白き薔薇《そうび》はひかりつつ干しっぱなしのシャツの顔する

ときおり　ひときわ大きな雨粒が落下してくる疲れた夫が

一隻と数えたくなる雨の日のカラスはふいに首伸ばし喚ぶ

出刃包丁の包装にある赤い字の「調理の目的以外」とはなに

「丁寧な暮らし」というのは難しくわれはすべてを撒き散らし生く

キュリオシティ（火星探査機）

ががんぼが開けて開けてと言うようにガラスを滑る　脆き脚見せ

ゆうかぜの家ぬち身ぬちを吹き抜けて帰っておいでわたくしは森

丁寧に秋刀魚の骨をはずす人を夫と呼びつつ秋深みゆく

生命は居りしやキュリオ秋虫が誇らしげに鳴く夜を見上げる

つやつやと水に泳げる白玉や月はこころの目で見るのです

## 玻璃のこころ

真夏日の麦を煮ている暗き湯のくらきまなざし祖母と呼びたり

かたまりの髪は卑しきものなればくるんで捨てる秋の風呂場の

八木蛇落地悪谷

禍々しき旧き地名は感情をふかくゆさぶる古歌《ふるうた》のごと

山津波という言葉にうすく削られた玻璃のこころよ抱きしめて寝る

宇宙から見ればわれらは星のごと発光するのかビッグデータよ

テトリスの棒がゆるりと落ちてくる刹那を消ゆる四段はあり

## 白き泡

白き泡を掬い掬いてスーパーの野菜は意外に灰汁を吐くもの

あのように枝を揺すって理不尽な力に真向かうあの巨き木は

湯の中でこがらし一号聞いている私はまるでこの家の栓

湯上がりの日焼けしるけき背中あり夏を知る日々麦の香の日々

トラックに撥ねられかけた吾子は泣き死ぬとこだったと交差路恨む

今も今も一秒ごとに未来ぞと少女はつぶやき椅子回しおり

コンパスで円を描きゆく子の脇の新聞一面処刑前の画

トーキョーに針をあわせて円を描くアーリントンよりモスルは近し

移すとき弾けて散りし爪楊枝あたまとあたま重なるふたつ

今もしも突如爆撃降り来れば楊枝のように散らばるわれら

鉛筆を握りしままに霧雨の花野にこころあそばせて子は

どちらにも属さぬ自由ミドリムシ理科の図録の真ん中にいて

強き者は痛々しいと思いつつ今宵もわれは鳥の眠りす

空晴れて

透きとおる水底ゆらりと牡蠣が棲みやわらかき身をこころと呼べり

なまくらであれば痛いか俎板の鰤の目を見ぬように刃を当つ

言うほどにはなき痛みもち女らは鰤大根をこっくり煮ており

切り傷のまわりの体毛濃くなればわたしを守るつもりで健気

夜を降りて闇へ消えゆくぼた雪を光の届く部分だけ見る

鍵の音　そののち帰宅の声がするその束の間をよる底冷える

不機嫌な家電のような音をたて娘九歳鼻水をかむ

刃物男の警告回り来ていまは被害者にしかならぬわが子は

悲しみを消費してゆくひとたちの薄ら笑いを見ていて弥生

寂しきは小さき蟻ではなく病んだ蟻を踏みつけせわしなき蟻

鳥が見るひとの住処のうつくしき幾何学を思う春、空晴れて

「うし」とう猫

古書店に購いし猫カフェ案内の「うし」とう猫よ会いたしきみに

あ、と思う間もなく吸い込む小さき蜘蛛（おそらく蜘蛛でありし生き物）

花束はみどりごのごと胸に添いわれは短歌に借りひとつなす

名は知らぬ誰かをなぞりてゆくように御礼、挨拶。受賞式の日

冷蔵庫最上段に霧雨をひとつしまってゆうべ米とぐ

記号

憂いなき顔をわたしも装いて明るし平日正午《ひる》の乃木坂

絵を見るためひとりにゆけり新国立か国立新かはあやふやなまま

つなぐ手を置いてきたりしわたくしはどんな記号に見えるか都市よ

満開のさくらは蛸の卵めきぽってり重く枝に滴る

わたくしの記憶辿ればはだか木の樹形となれり風の都心に

水紋のようにひそかにしなやかにうたうたいたしそして死にたし

〳フリーハグ〳　ささやきながら紋黄蝶スペアミントに触れて去りたり

ママ友のアドレス日々を増えていき用なきわれはたまに眺める

空回りしている場面は清々しママ友多き人なればなお

「いいひと」が蔑《なみ》され負わされゆく午後を女優のように微笑んでいる

子から手が離れつつあるこのごろをますますひどくなりたり肩凝り

## 幻の樹

富士山をみはるかすがにわが見上ぐメタセコイアの実が降るゆうべ

芽吹きつつ風と雲雀をあそばせてあけぼの杉は朝をよろこぶ

風わたる葡萄棚われまだふいに抱きついてくる少女をいだき

叱られることは赦されることなのに肩甲骨を黙って洗う子

十歳の吾子に初潮の話をし生物的には死んでいいわれ

相続のたびに大樹の減る町のついにわたしの好きな樹の番

親の死もきっとこうして受け入れる（ざる）わたくしだろう　大樹伐られき

ケチャケチャと不意に泣き出す長き間を妻恋いしていた若きうぐいす

もうきみは幻の樹だぽっかりと蒼天くらく夏がきている

## 歌会

六月の六日に集うひとみしりだらけのわれら歌会せんと

まんなかに短歌をおいて十二人十二通りの孤独を癒す

おんなの歌を太らせゆくはおんなたち各々創《きず》と自負もち集う

モヒートを揃って注文してゆけば店のミントを飲み干す勢い

払暁の蟬

鼻血垂る娘のひたいを胸に当て頸冷やすとき生まぎれなし

透けてゆく払暁の蟬かなかなとかなかなと潮が床に満ちくる

降る前の匂いはせざり地下街にメールで知らさる半刻後の雨

阿佐ケ谷を過ぎて三鷹へゆく電車もう阿佐ケ谷に誰も住まざり

ひぐらしがふいに鳴きやむ二学期が始まる前に死ぬ子おるらん

加害者の親もかならず混じるべし説明せよと詰めよる中に

まちびらきという語彙のすごきをゆうがたのテレビは少しはしゃいで伝う

ＩＳとＩＳＳを間違えて間違えるころ灯る原子炉

惜しみなく秋の陽がふるバス停を伏して動かぬしろきかまきり

（日曜のテロならそこではないだろう）都庁前より乗らんと歩く

まずどれが爆発するか段ボール積んだ荷台が息をひそめる

ようやくに大江戸線に乗りたれば隣に座る割れたiPhone

## 秋の喉

母からはなんと呼ばれていただろうホモ・ナレディの幼児の脊椎

秋光のあまねき沢にひるがえる魚のかたち少女らの脛

子の部屋に「相ぼうノート」が落ちており他所の家庭の匂いをはこぶ

秘密とはこころの樹陰なきながらあやまりながら悪夢を告ぐ子は

銀河にも子持ちあるらし渦なして手をつなぎたるふたつの銀河

ふさふさとした風がふく秋の日の娘の髪にピン差し直す

耳よせてあなたのためよと言うごとし「ハイテク仕立て洗える着物」

真四角にレッドロビンは刈られおり耐える力はどこに生まれる

専業主婦の一人娘と蔑されぬ　と気づきしときの夕陽むら雲

## 銀のひかり

喉だけでニュースを読む人増えゆけばいたたまれなきアイラン・クルディ

見ざること選択すれども次々に遺体画像はシェアされてくる

一瞬に目をそむけたが焼き付いて柔き遺体は綴じき晩夏を

（ごみのように渚に濡れてうつ伏して）ふざけたふりして吾子抱きしめる

ひとつの死ひとりの死なるかひもじくてアルミホイルを食べた子の死も

訪わざりし海のあまたが秋霖の夜明けの夢にさざめきやまず

鉢と鉢つなげる蜘蛛の糸いっぽん撓みて銀のひかりを示す

擬音のような

自転車でプラネタリウムに行けること当然として育ちゆく子は

手首までべたべたさせて子の食べる歪に甘く進化した柑

えのころの穂がゆうがたの陽に濡れるドリーミー家族葬なる看板の下

坂の下坂の上とにチェーン店焼き鳥焼いてゆうべ市ケ谷

なにとなく敬語になりぬ勤務終え疲れて来たる後藤由紀恵に

鳥モツは擬音のような名を持ちて塩と油を纏いていたり

宋さんが「ぼんじりモウナイネー」と言ったので鶏皮を食む少し愉快に

脂身がレースのように透けていてビールは喉を喜ばせおり

飲み足りず練馬四文屋に寄りたればけむり楽しも炭と煙草の

四文屋のビールの泡のなめらかに短歌談義をした気もするが

薄目あけお帰りと言いまた眠るその声温しもう大きな子

氷柱

新月へ魚はあぶくを吐きつづけ身の程知らずの恋うつくしき

ぼうぼうと広がる海の浮標のようきみの喉の浮き沈み見ゆ

水滴は重たく枝をぶら下がるやがて零るる声となるまで

わたくしがいつか消えてもその耳朶はわれの渚のおと記憶せよ

雨、そしてそこから広がる空想に帆をかけてゆく遠き腕へ

空にかけ闇の梢のふかき夜を白馬岳《しろうまだけ》の帰路であったか

娘《われ》という存在あつかう術もたぬ三十路の父のもどかしさかなし

いもうとはときおり父をパパと呼ぶそのたび遠くなりゆく父よ

ほこりたてあめ降り初むる父という謎のおとこを思いだすとき

きさらぎのそらを逃げゆく満月のふっくらとみゆ跨線橋より

つつましく聖母子像のみ飾られて冬日をたたずむ福音教会

鏡台の収納にまだ売らずあるひそかに父がくれたる喜平

シスジェンダー・ヘテロと吾子を喜びてのちを羞しき冬のはなびら

つららとう歌う響きのことばもて氷柱と当ててひとさびしかり

ひらくたび苔の気配を吐き出だす宿題中の吾子のくちびる

楽しかった
「わからない」と言いて梃子でも解かぬ子の折り目つかざる問題集は

わが声にわれは興奮してゆけば子への衝動は愛より憤怒

爆死とはこんな激しさわがうちに松永久秀いたことを知る

一生をわれは忘れじ吾子に向けマウス投げつけ恫喝せしを

まなじりがガンガン痛い今なにをしたのかわれは誰のためにて

いまわれは吾子を殺せりまなうらがこんなに熱き怒りのうちに

退塾の理由にマウスを投げしこと告白すれば軽く笑わる

受付氏は普通ですよと慰留する私も母に殴られましたと

辞めてきた塾見上げれば煌々と窓は灯れり寒月のごと

レースから降りて知りたることのあり月並みだけど早春の陽の

もう塾のない午後である手をつなぎ大きな木のある公園へゆく

新しいマンション建ちて新しい公園があるシーソーに乗る

今日なんか楽しかったと子の言えば泣きたいような夕焼けである

はるのみず

ふくらんだ腹部に霧を満たしつつ冬の鳥らは枝に囀る

木守り実もすでになきころ樹皮のうち芽吹くちからは湛えておりぬ

新生児《みどりご》を抱く夢を見つ日に三度脱皮しゆくを驚きて見つ

論争は殺し合いとぞ読みし夜を電波時計は三度またたく

菩提樹の茶はぬるく身を巡りつつ臍のあたりをほのかに照らす

はるのみず回す水車のごときもの見ゆる少女ら下校してくる

ふうふうと身ぬちの澱を吐きいだし花とけぶらす春の惑星

松藻しずかに

母ししゃも身は限界まで細らせて臨月なるをほろほろと噛む

胎内をぬるりと貫《ぬ》けてひりだしたみどりごいつか林檎剝くひと

排泄を見守りながら育てたるわがゴーレムは裸足で家出す

叱られてどこへ行きしや靴下が郵便受けの前に脱がれて

裸足とはまるで手負いのうさぎなり狙われるための目印つけて

事故よりも猥褻事件の恐ろしく名を呼べぬまま町じゅう捜す

春の路を裸足であそんできたひとを桜もろとも抱きしめている

匂いたつ自我を吐きつつ眠りたり闇に乳歯のような花降る

いちご飴舌をわずかに凹ませて脆き甘みをひとと分けあう

眠るとき浮かぶ川ありわがうちの松藻しずかにせせらぎに沿う

母と洋裁

布を裁つたまゆら鍵に閉ざされし夕陽の母の埃めく部屋

よい布は玻璃の戸棚にしまわれて母の部屋には秘密ありけり

裁ちばさみ膏のひかりを襲ねつつ禁忌というをわれに教えき

なにごとか諭すあいだも揺れていた足踏みミシンに乗せたるかかと

しつけ糸瀑布さながら吊るされて猫毛のようでたまに撫でにき

針山にまるきまち針　似ておらぬ母子と母も思いたりしか

## ビオトープ

ひばりが丘団地の中のビオトープひかり湛える概念として

あめんぼは六頭すべりゆく水の濁りも澄みもしない社会へ

潰し合いの果ての調和を見ておれば自意識太る水辺のいのち

石楠花の根もとに鴨のつがい来て憐れむごとき視線をよこす

わたくしの鴉うつくしつやつやと羽をひろげて鴨おどろかす

弛緩して口呼吸するチューリップこういう花と思う　おんなの

葉桜に萼は残りて風のたびほのかにあかく四月がくすむ

晩春の疲れた脳がとおくみる一番搾りの色のゆうぞら

霧の夜をかえりきて湯に伸びるあし冷凍うどんがほどけるように

わたくしの乳首に羽毛をふわふわといまだ残せり子の口唇期

震える、はポプラが抱え持つ語源ひかりのように綿毛飛ばして

小鳥・月・黒猫・立麝香草《タイム》すきなもの思い出しつつ小糠雨ふる

## ゆめのはなし

ゆめに迷い苔ふむ森のくらやみにほのかに灯る駅舎はありき

夜をひかるきのこの淡きかがやきにしろく伸びゆくわれの両腕

行先を答えられないわたくしの前髪ゆれる汽車のくるとき

ぶらさげた両手になにももたざりし気安さ訝しまずに乗りぬ

もういない祖母の声にてつり革のきゅうきゅう謡うあかあかと燃え

火を摑むされども夢のわたくしは火を知らざれば燃える手を見る

ゆめなれば熱さ痛さも感ぜざり炭化してわれ艶めく甲虫《こうちゆう》

飛べる気はすれど気合を持たざれば甲虫われは不平を抱く

声帯のなければ意識のみ浮いて声は翅だと得心して飛ぶ

腹の足をいかに動かしたるべきか苦心したればふとも目覚める

シン・ゴジラ

一年前娘の靴を隠したる首謀者このごろ登校せぬとう

読み聞かせするまえ三秒目を見れば合わし返せる少女なりしが
知らない、と娘は軽く言い放ちやはり似てない母娘と思う

君と子と連れ立ちてゆく映画にてゴジラはついに殺されにけり

泣き叫ぶわけも分からぬ生き物のゴジラと嬰児は似ており無残

生れさせられ殺されてゆく怪獣の叫びが残る三半規管

我が涙の意味は死ぬまで腑に落ちぬ君と分け合う遺伝子もあり

プラタナス

うす蒼き静脈透けるまぶたもち少女はねむるはつ秋の繭

夜にくむ真水さらさら澄むからに無垢を飲みほす心細さは

人体は曲線なれどふれあえば互み凹ます　まして母と娘

性別は思想をこえて憎まれてヒラリーの画像にｗｗ《わらい》付けらる

むざむざと卵を喰われ魚らはまぶた持たざりたゆたう海に

遠浅のなぎさをくらく大潮が満ちくるごとし古歌の別離は

わたくしを脱出できないたましいは公孫樹黄葉をひたすらに恋う

となり家を伝いてぬるき秋の陽のぜんぶ藁色ぜんぶ夕映え

夏の声はただの過ぎゆきふわふわと蟻がはこべる片翅しずか

ゆらゆらとわれの寝覚めし朝焼けはほのおのようなダリヤのような

撤回は消えず湯桶に一滴の垂れた血のごと真水に戻らず

土牛蒡さらせる水の濁れるをしみて冷えゆく指の叙情は

みどりごの眉を残してしんけんに朝の髪梳くわがプラタナス

ビロードのリボンのような風の路地こころのマントを翻しゆく

# ビールジョッキは

一首評座談会

長方形に座るわれらの天井に誰か来ていて眺めていたか

ひばりが丘パルコ五階のチェーン店「はん」にて校正したり「６６」

酒飲みが三人揃いて酒飲まずまずは赤入れ済ませたるとは

座談会記録は少し削りすぎ一つ前のがわたしはすきだ

ビールジョッキは大汗をかき待っていた初句の話をしながら飲めり

ひと夏

ぼつ、ぼつ、と世界のきしむ音がして夜中の雨が降り始めている

秋蟬は意を決すごと恋いはじめ夫は一人で足るは安らぎ

乳色の骨貝のさき撫でているほそきゆびさき秋の少女の

秋茱萸の実は色づいて熊われは家路をいそぐ灯を点すため

くるぶしの骨ほど背丈を伸ばしたる少女の時間をひと夏と呼ぶ

われよりもわれの白髪に敏感な少女がひとり男がひとり

耳と耳ふれ合うように眠る夜は湖畔をわたる風のわたくし

コツコツとかかとの音は呟きぬ卑下するごとき低き声音を

満月のごとく丸まる猫画像とじて木枯らし　さよなら、ヒラリー

# 風媒

風媒はときにさびしく冬歩道かけゆく子らのなかほどに吾子

思春期対更年期とう洞穴が切なげに呼ぶ　ゆきたくないが

過労なる夫は死肉のにおいせり色濃き野菜を夜毎に食わす

累卵の一語ゆらぎて拭けど拭けど眼鏡に脂はひろがるばかり

帰宅後をわらわら泣きし子抱きしめて冬の木立のつめたき無頼

たんぽぽの野のあかるさの雨傘の数千円なりきを惜しみし悔いあり

肩甲骨ぎゅっと下ろして中年とう寒気したたる並木をあゆむ

志野焼のぐい呑みまるく手に沿いて昼神温泉ふりしきる雪

あやまたず開く

せせらぎを分かてる石の頑ながわれの体の芯に立ちおり

謎解きに倦みて左永子を読み継げばおんなのうたは見得切るかたち

食洗器ごうんごうんと音たててやっと真顔になれた夜かも

困りつつ怒る女の顔であり般若愛しき逆上ののち

ひそやかな進歩のひとつみっしりと牛乳パックはあやまたず開く

冷凍庫のすみの食パン霜を吐ききわどく古びたものものわれ食む

食べぬまま捨てられぬまま隅に寄す黒大蒜と濃きチョコレート

神経のひとつを起こし観ておれどＣＭの間にどうでもよくなり

老人が優先席のまえに立つ座っているのも老人なれば

富小路禎子は「こじらせ女子」なるか深夜読みおりふくみ笑いつ

つんつるてん

角ぐみてほのかにひかる花芽らのわずかゆるめる二月のこころ

寝そべって何か描くらし少女期のフリルのような時間をすごす

ツイッターに女雛の画像をみておればば一番かわいいわが子と思う

おひとりで着たはりますのん、と雛に見られつつ衿芯いれる

正絹の重みはいつもうれしくてつんつるてんの母の一越

はじまりは四月ときめて手帖選る流砂のような主婦の日々にて

最初から良い子であれば褒められず腰回りにつく自意識と肉

屈折のまぶしき春の敷石にうつくしくちぎれゆく蜥蜴の尾

夥しき肥えたヒトラーユーゲントポテトチップス食いつつ「書き込む」

サイトウカメラ

ひかりつつ咲くみちのくのさくら咲く齋藤芳生訥々という

咲いたよ、とLINEに伝えてくれるひとおれば私のスマホも満開

私らに春のふくしま見せるため駆け足でゆくサイトウカメラ

ふくしまに花見山ありグーをしてパッと開いたような春きて

望遠レンズに一面さくら何人も空を裂かざるみちのくの春

この町の桜はあちこち矯められてなおも梢をかがやかせ咲く

りんりんと玻璃のごときを鳴らしつつ花散らし吹く指の間を

ささやきのようにはなびら舞い落ちる蜷川夫人の紅きベンツに
晴れるほど春の夜空は闇の濃くただ寂寞と夢へ溶けこむ

新しきノートのように新しき担任教師へ少女背伸びす

山査子

捨てた記憶はないが耳式体温計家から失せてみどりごもなし

先端にくるりと銀をまとうのみ体温計はおおむね白し

翠雨ふる　避妊のために体温を測りしことなき半生だった

きょうだいもいとこもおらぬわが少女ささいなケンカを泣くほど悔やむ

契約のはざまに産みゆく女優らの生き物として勁きを愛す

ペン立ての蛍光ペンに紛れつつ体温計ありきしばらく見ない

くらき湖《うみ》さむき森にて繁雨《しばあめ》の降りたるごとし山査子の名は

ＮＨＫアーカイブスは白昼を美をうたがわざる人映しつづける

絵を盗みあるいは守りしグルリットその子は友を持たずに生きき

## 青葉雨

大泉学園駅へは二駅

大泉に松谷みよ子が住みにきと聞けば匂いてくる青葉雨

わが裡の裏見の滝にみよ子おり玄関が今でもすこし恐ろし

歩く木と育つ木わたしはどちらの木わがひとり子はたぶん歩く木

胸高に子の頭を抱けばこころとは胸のあたりにあると思えり

男子ってバカばっかりと怒りつつ少女三人《みたり》は菓子食べ放題

そのかみにパンツのゴムと呼びしものありや平たい引き出しの中

女子われらブルマー穿きし遠き日よどなたのご趣味でありしかあれは

六月の燕のごとき背向《せな》けて機器をけろけろ鳴らしあそぶ子

常緑の木にも若葉は若葉たる色にかがやく夏至の少女よ

## 夏至

桔梗撫子まぎれなきまま咲き競い一条帝のごとくさびしい

増やすなと言い続けてきたぬいぐるみ並べて干せば足りぬ気がする

値段など関係はなくさにつらふ桐壺更衣のモモンガも干す

長くあるゆえに愛しく梟のぬいぐるみこのごろ夫に似ており

梟と猫とうさぎをファミリーに見立て飾りぬ陽に当てしのち

夏至という響き濁りてあかるきを四十代と思う　夕映え

吾子の裡そだつ悪意を聞いている火蟻のごとき自我と覚えて

排水管くるりと曲がり除菌剤とどめておりぬわが喉のごと

にっぽんの女性平均身長を吾子は越えゆくこの夏の間に

『はだしのゲン』読みたる吾子と読めぬままここまで生きたわれのゆうぐれ

前世は侍女のわたくし子の髪を梳かし結わえる恍惚として

遠雷は羽虫の匂い伴いてさびしいと言う　驟雨降り初む

葉のうらに黙し驟雨をやりすごす蜘蛛に聴覚ありや　遠雷

## 故郷

栄まで二十五分で直通でそれのみが価値わが育つまち

敷石の白が夏陽を反射してとってつけたるような彫像

プラモデルブームの時に一度だけ入りしタバコ屋跡の夏空

「小雪」なるママの暖簾を吊るときの袖がはためく手のみおぼゆる

布団屋にみっちゃんという子がおりて二、三度遊べどその後をしらず

傾がせたトタン屋根など失せゆけば四角い家がぽこぽこ並ぶ

もともとは何でありしか思い出せぬ公園　塗りたてみたいな色の

公園を横切りゆけばどこの誰という眼向けくる母親集団

ありふれた感傷きざしわたくしは名古屋暑いと言いつつ歩く

熱っ、といい咄嗟に耳に触れるとき昭和はわれをやさしく冷やす

カボスサワー

呉にいて広島の火を見たという祖父はその後を寡黙に生きぬ

ひと粒の葡萄のなかの走馬灯　驟雨、夕風、棋盤を向いた背

金属の製氷皿に舌ふれる遊びしたりき幼きおとうと

客間にも家事室にもなる四畳半に本棚いれてひとり座れり

玖珠という濁りを持たぬ町よりのカボスと思えばことさら丸し

ちからこめ断つとき黄の香たてながらカボスの種は刃に抗えり

搾りきりついでに皮も放り込みカボスサワーを濃いめにつくる

## 題詠四題（二〇一七年秋）

「魚」

助詞を「に」へ変えればすいと泳ぎだすみどりの背びれ持ちたる魚が

「水」

われは本、きみは工具をためてゆく秋の陽みちる汽水域ここ

「月」

もう声は思い出せずに祥月がくるたび胸に蛍が灯る

「正」

たましいのようにましろき月のぼる酔《すい》の路《ろ》なれば正しく帰る

ぐーぐる

「ぐーぐる」は鳴き声のようと思いしが名前であるか呼び掛けてみる

ＡＩの理解にあわせ語句を選り便利かどうか分からねど問う

われよりもなぜだか機械にちかき子がＡＩとする羽毛の会話

計算をする音楽を再生すわれとＡＩ今はそれのみ

キャラメルを硬口蓋につけたまま見ればまぶしき晩秋の樹は

ふくふくと腹部を上下させながら眠りたりしもみどりごの吾子

両腕にふかき眠りを抱きながら汀のごとくわれも眠りき

伝承の尾ひれのようになごり雪ひらひらゆうべの街に纏わる

新聞紙・聖徳太子・週刊誌　われに似てきた娘のしりとり

# あとがき

『凪と雲雀』は『さやの響き』につづく私の第二歌集です。二〇一三年の暮れから二〇一八年はじめまで、年齢で言えば四〇歳から四四歳までの作品を収録しています。大部分は所属する結社誌「まひる野」に発表したもので、総合誌や同人誌が初出のものも一部あります。

前歌集を出す直前、ごく近い距離での引っ越しをしました。新しい家からは隣家の屋根越しに大きなあけぼの杉のてっぺんが見えました。私はそれが嬉しくて朝晩眺めていましたが、ある日開発業者がやってきて切り倒していきました。

他人の土地のことですから仕方がないことは分かっていますが、それは自分でも驚くほどショックでした。そんなこともあってその後ずいぶん植物や風景を詠もうと取り組んでいた気がします。ただし、歌集をまとめる際にその多くは落とし、結果的には前歌集同様に家庭や育児を中心とした歌集になったように思います。一人娘の八歳から十二歳の期間にあたります。

自ら子どもを育てていることにより、ニュースなどを見ても子どもの関わる事件が感情を揺さぶるようになりました。娘はだいぶ大きくなりましたが、この痛みは喉元をすぎても忘れたくないと思っています。

現在私は長く所属していたまひる野のマチエール欄から作品I欄に移動していますが、この歌集に収録した歌はマチエール欄に所属していた時のものです。マチエールのみんな、まひる野の皆さん、なにより島田修三先生、いつもありがとうございます。

第一歌集の時と大きく変わったのは、歌集を出したことをきっかけにたくさんの歌の友達ができたことです。特に、毎月一回歌会をしているロクロクの会の皆さんにはいつも励ましと刺激と喜びを頂いています。ありがとう。

この歌集は角川書店の住谷はるさんにお願いしました。装幀は花山周子さんです。とても美しく仕上げてくださり感謝申し上げます。

二〇二〇年二月二二日

富田睦子

【追記】この歌集をまとめている二〇二〇年三月現在、世界はcovid-19によって大きく傷つき、いつ収束するのかも分からない状況です。このような中で歌集を出すことに躊躇しています。ついた傷はどうしたって消えませんが、一刻も早く惨禍の広がりが収まり、世の中がよりよい方向に進んでいくことを願っています。

著者略歴
富田睦子（とみたむつこ）

1973年　愛知県生まれ。
1994年　「まひる野」入会
2013年　第一歌集『さやの響き』（本阿弥書店）上梓
　　　　（第15回現代短歌新人賞受賞）

歌集　風《かぜ》と雲雀《ひばり》
まひる野叢書第370篇

2020（令和2）年4月29日　初版発行

著　者　富田睦子
発行者　宍戸健司
発　行　公益財団法人 角川文化振興財団
〒102-0071　東京都千代田区富士見1-12-15
電話 03-5215-7821
http://www.kadokawa-zaidan.or.jp/
発　売　株式会社 KADOKAWA
〒102-8177　東京都千代田区富士見2-13-3
電話 0570-002-301（カスタマーサポート・ナビダイヤル）
受付時間　11時～13時 / 14時～17時（土日祝日を除く）
https://www.kadokawa.co.jp/
印刷製本　中央精版印刷株式会社
 ISBN978-4-04-884338-6 C0092